LES VICTOIRES

DES

ARMÉES FRANÇAISES,

ODE

Qui a obtenu la mention honorable dans la Séance
publique de la Société des Sciences, Belles-Lettres
et Arts de Bordeaux, le 1.er Septembre 1808;

Par J. DUSAULCHOY.

Chacun d'eux au péril veut la première part,
BOILEAU, *Epît.* 4.

A PARIS,

Chez CAPELLE et RENAND, libraires-commissionnaires,
rue J.-J. Rousseau, N.° 6.

1808.

ÉPITRE DÉDICATOIRE

AUX ARMÉES FRANÇAISES.

Aux rangs des demi Dieux se choisir des modèles,
D'Icare c'est tenter l'essor ambitieux ;
Pour saisir tant d'éclat dont la source est aux Cieux,
Des célestes esprits il faut avoir les ailes.

O vous, qui de la gloire atteignez la hauteur,
Des antiques héros effaçant le courage,
Du merveilleux par vous l'histoire offre l'image :
Ah! prétendre vous peindre est une folle erreur.
Dans notre vain délire, atomes que nous sommes,
Les pinceaux impuissans s'arrêtent sous nos doigts.
Pour qu'on puisse chanter dignement vos exploits,
Nobles enfans de Mars, ne soyez que des hommes.

J. DUSAULCHOY.

AVANT-PROPOS.

En proposant pour le Concours de l'année 1808, une pièce de Poésie *à la gloire des Armées françaises*, la Société des Sciences, Belles-Lettres et Arts de Bordeaux, avait indiqué le sujet le plus difficile à traiter dignement, et celui cependant qui devait tenter tous les poëtes doués d'un cœur vraiment français.

Il est naturel, en effet, de se sentir enflammé d'enthousiasme, quand on se dit : ce sont mes parens, mes amis, mes compatriotes, qui ont donné des exemples si multipliés de ce courage stoïque, de cette valeur tantôt impétueuse, tantôt calme ; de cette constance inébranlable dans les fatigues et les privations ; de ce dévouement sans bornes, de cette abnégation de soi-même, de ces vertus héroïques et de ces étonnans faits d'armes que les nations admirent, dont la gloire et l'immortalité sont la récompense.

Mais toute la hauteur du génie poétique d'Homère, de Pindare, de Tyrthée et de Virgile, serait à peine au niveau d'un sujet où tout paraît surnaturel.

On a donc eu lieu de remarquer que si la plupart de nos poëtes n'ont pu résister à l'entraînement, et s'ils ont essayé de rendre l'impression que le plus grand des spectacles avait fait éprouver à leur ame, leurs ouvrages ont plutôt prouvé du patriotisme que de l'inspiration. Nous n'avons pas encore, et peut-être n'aurons-nous jamais, sur les triomphes des Armées françaises, un Poëme dont on puisse dire que le tableau ressemble au modèle ; et cependant, ces mémorables triomphes ont fait naître quelques productions pleines de beautés de premier ordre.

Le grand nombre de Poëmes que l'on a envoyés cette année au Concours ouvert par la Société de Bordeaux, vient encore à l'appui de mon opinion : aucun n'a été jugé digne du prix, et l'on a prorogé le Concours d'une année.

Dans ce déluge de pièces, la Société en a cependant distingué quatre, et les a mentionnées honorablement.

Celle qu'on va lire en fait partie. Je la publie corrigée de plusieurs imperfections qui peut-être m'ont empêché d'obtenir la palme ; j'y ai même fait tant de changemens, qu'elle ne sera plus reconnaissable pour les personnes à qui je l'avais communiquée.

Si cet ouvrage n'a pas atteint le but, il attestera du moins le zèle qui m'anime pour la gloire de ma patrie, mon admiration pour nos braves armées, et mon dévouement à la personne auguste du plus grand des Monarques.

LES VICTOIRES

DES

ARMÉES FRANÇAISES.

~~~~~~~~~~~~~~~

ODE.

~~~~~~~~~~~~~~~

Dᴇ l'aride sommet d'un mont inaccessible,
Quand s'élance un torrent que l'orage grossit,
Son aspect est l'effroi du voyageur paisible;
De sa chûte bruyante au loin tout retentit :
  Son onde impétueuse entraîne
  Les arbres altiers des forêts,
  Les troupeaux épars dans la plaine ,
Le toit du laboureur et ses riches guérêts.

Tels , défiant le vol de l'humaine éloquence ,
Se peignent des Français les prodiges guerriers;
L'intrépide vertu, l'immuable constance,
L'ardeur qui les anime en cueillant des lauriers;
  Ces combats , ces marches forcées ,
  Ces murs croulant avec fracas,
  Tant de phalanges dispersées,
Tant de peuples conquis, de trônes en éclats (1).

Il est pour leur courage une faible barrière,
Ce fleuve, de Neptune ambitieux rival (2).
De cent mille soldats, l'audace meurtrière,
Sur ses bords, de Pluton fait mouvoir l'arsenal;
  A ces tonnerres que vomissent
  Des bronzes les tubes fumans,
  Les célestes carreaux s'unissent,
Et l'horrible courroux de tous les élémens.

Vains obstacles! vain bruit!... dans les flots qui s'irritent,
Aux crins de leurs coursiers, suspendus et groupés,
Se jouant des périls, tous ils se précipitent,
Et de leurs chants encor les échos sont frappés!
  Sur le germanique rivage,
  Bientôt s'élèvent leurs drapeaux:
  L'ennemi fuit loin de la plage,
Et se croit poursuivi par tous les Dieux des eaux.

Mais s'ils marchent ainsi de prodige en prodige,
Ils n'en font qu'un prélude à de plus grands exploits:
La Brenta, le Tésin, le Mincio, l'Adige,
Des héros de Lodi reconnaîtront les lois.
  L'ennemi vainement allie
  L'expérience à la valeur;
  Dans Arcole il perd l'Italie,
Et se voit effacé par un jeune vainqueur (3).

Où s'élancent encor ces lions intrépides?
De Malte, sous leurs coups, le rocher s'est ouvert!
Ils portent la victoire au pied des Pyramides,
Sur les sables brûlans de l'africain désert.
  O Thèbes! renais de ta cendre;
  Memphis! lève-toi du tombeau;
  Un héros plus grand qu'Alexandre,
Du génie et des arts délivre le berceau..... (4)

Quel tumulte, quels cris troublent tant d'alégresse ?
L'Ausonie est en pleurs ; l'héritier des Césars,
Quand le Dieu des Français ressuscite la Grèce,
Donne de nouveaux fers aux malheureux Lombards.
    Ceux que le ciel fit pour la gloire,
    Faudra-t-il que l'adversité
    Les présente, hélas ! à l'histoire,
Comme un peuple asservi, par Mars déshérité (5) ?

Non !... Tu conçois César une espérance vaine.....
Tremble ! de l'Italie existe le vengeur.
Neptune, sur sa nef, plus puissant le ramène ;
Il arrive..... Germains pâlissez de terreur !.....
    De nos maux la source est tarie,
    Les factieux sont abattus,
    Minerve adopte ma patrie,
Et bientôt renaîtront le calme et les vertus !... (6).

Le signal du héros enfante des cohortes.
Au Saint Bernard glacé, leurs belliqueux élans,
Font croire que des Cieux, pour assiéger les portes,
Il sert de marchepied à de nouveaux Titans.
    Ses effroyables avalanges,
    Ses gouffres voisins des Enfers,
    Menacent en vain nos phalanges ;
Elles résisteraient au choc de l'Univers (7).

A travers les frimats, les montagnes de glace,
Dans la nuit des brouillards, affrontant les torrens,
Aux pointes des rochers opposant leur audace,
Nos braves ont conduit leurs bronzes mugissans.
    Les vents, la foudre et les orages,
    Contre eux ne cessent d'éclater :
    Ils marchent fiers, et les nuages
Roulent avec respect, surpris de les porter.

Mais le voilà franchi, ce colosse des âges !
Du prodige étonnée, Autriche tu frémis !
Tes légions, tes forts défendent les passages.....
Bientôt ils ont cédé, bientôt tout est soumis!... (8).
    L'aigle des Césars s'humilie
    Devant l'aigle de nos drapeaux !
    Marengo, superbe Italie,
T'appelle à partager le destin des héros (9).

La foudre enfin se tait ; Napoléon pardonne.
Douce olive, fleuris dans la main du vainqueur !
Règne sur nous, ô toi qui ne suivis Bellone
Que pour nous préparer des siècles de splendeur (10) !
    Beaux-Arts, sur la moderne Athène
    Versez vos dons miraculeux ;
    Des cités qu'elle soit la reine,
Puisqu'elle est le séjour de l'émule des Dieux (11).

Les chefs-d'œuvre du goût décorent nos portiques,
Pour l'utile talent verdissent des lauriers (12) ;
Le bien commun succède aux misères publiques,
La balance des lois au glaive des guerriers (13).
    Mais d'Albion, lâche rivale,
    Tant de gloire fait le tourment !
    Par sa politique infernale,
Des rois qu'on épargna renaît l'aveuglement.

Quoi ! l'aigle des Germains pousse des cris de guerre ?
Le vaincu se parjure et devient agresseur ?.....
Qu'il tremble ! mon héros a repris son tonnerre ;
C'est Pallas qui le guide... Il est au champ d'honneur.
    Suivi dans sa marche rapide
    Par ses bataillons aguerris,
    Admirez le nouvel Alcide !
Lorsqu'il entre dans Ulm, on le croit dans Paris (14).

Osera-t- il de Vienne affronter les murailles?.....
J'y vois déjà flotter ses brillans étendarts !
Est-il rien d'impossible au géant des batailles?
Il vient : il a conquis l'empire des Césars.... (15).

    Sortis des fanges Méotides,
    Vers lui, de sauvages rivaux,
    Fondent les troupes intrépides.....
Les marais d'Austerlitz deviennent leurs tombeaux (16).

Mais ces Etats soumis avec tant de vaillance,
Le héros généreux les rend avec la paix (17).
Quand trahissant la foi d'une sainte alliance,
Le Borussien menace, égaré par l'Anglais.....

    Son trône, fruit de sept années
    De combats, d'austères vertus,
    Il suffira de sept journées
Pour que les Nations apprennent qu'il n'est plus (18).

Qui peut voir sans frémir, des fils de la patrie,
Sur les aigles du Nord, les coups précipités?
Les chênes ébranlés par l'Auster en furie,
Font retentir les airs d'éclats moins redoutés ;

    L'Etna, de son immense abîme,
    Lance de moins rapides feux ;
    Alcide fut moins magnanime ;
Achille contre Hector fut moins audacieux.

Combien leur fer sanglant porte d'atteintes sûres !
Le Russe est digne d'eux, leur cœur en est plus grand !
Une égale valeur fait heurter les armures ;
De Mars, chaque soldat a le bras foudroyant ;

    O lutte en merveilles féconde,
    En balance tu tiens les Cieux !
    Mais, pour fixer le sort du monde,
Jéna, Friedland, Eylau peuvent plus que les Dieux (19).

Tilsitt enchaîne enfin le démon de la guerre (20) ;
D'Astrée on va chérir les bienfaisantes lois ;
Napoléon devient l'arbitre de la terre ;
Son auguste famille est un sénat de rois (21) ;
  C'est à l'ombre de ses trophées
   Qu'unissant les peuples divers ,
  · Loin des discordes étouffées,
La sainte humanité régira l'Univers (22).

Hélas ! un monstre encor tient captive Amphytrite !
C'est l'avide Albion. Barbare en son orgueil,
Pour opprimer la terre, active elle s'agite ;
Ses moyens sont dans l'or de cent peuples en deuil.
  Qu'une sainte fureur saisisse
   L'Indus par son joug offensé,
  Que l'Europe entière s'unisse ,
Et le tyran des mers est bientôt écrasé.

Oui , l'Hercule français levera sa massue,
Affranchira la terre et l'empire des eaux ;
Des deux Mondes , la paix embrassant l'étendue,
Sera le terme heureux de ses nobles travaux.
  Du sort, quand sa vertu domine
   Les caprices et les hasards,
  Albion touche à sa ruine,
Et le Tartare attend ses affreux léopards.

NOTES.

(1) Ce n'est que chez le soldat français que l'on remarque réunis à la bravoure, le dévouement, le calme et la gaieté, au milieu des privations et des dangers.

(2) Le passage du Rhin, qui devenu si facile pour le soldat français, qu'il le regarde comme une promenade sur l'eau.

(3) L'histoire des batailles de Bressano, de Montenotte, de Mondovi, de la prise de Mantoue, des batailles de Lodi et d'Arcole, est trop connue pour qu'il soit nécessaire de s'étendre ici à ce sujet.

(4) La prise de Malte et la conquête de l'Egypte.

(5) Violation du Traité de Campo-Formio; les plaines de l'Italie devenues de nouveau le théâtre de la guerre; la République cisalpine détruite, et les Français expulsés.

(6) Retour d'Egypte, du général Bonaparte; son arrivée à Fréjus; révolution du 18 Brumaire.

(7) L'inconcevable passage du mont St-Bernard, dans les journées des 27, 28, 29 et 30 Floréal an 8.

(8) Prise du fort de Bard. L'ennemi croyait que ce château empêcherait les Français de pénétrer en Italie, mais un chemin fut pratiqué en trois jours, sur les hauteurs des montagnes d'Albarde, pour tourner le fort; son escarpement était tel, que le cavalier, réduit à traîner son cheval, était obligé de saisir la pointe des rochers pour ne pas être précipité lui-même.

(9) Bataille de Marengo, le 25 Prairial an 8.

(10) Le Couronnement de S. M. l'Empereur, le 11 Frimaire an 13, après avoir pris le vœu de tous les Français.

(11) Embellissemens de Paris.

(12) L'Institution de la Légion d'honneur.

(13) Les Codes civil, de procédure, de commerce, etc.

(14) Campagne de 1805. L'armée française, en un mois, vola des sables de Boulogne jusqu'aux rives du Danube, et dans un si court espace de tems, fit 60,000 prisonniers, s'empara de 200 pièces de canon et de 90 drapeaux.

L'Empereur n'eut à se plaindre que de l'impétuosité du soldat; le 17.e d'infanterie légère, arrivé devant Ulm, se précipita dans la place; pendant toute la capitulation, il voulait monter à l'assaut, et l'Empereur fut obligé de déclarer formellement qu'il ne voulait pas d'assaut.

(15) Entrée de S. M. l'Empereur dans Vienne, le 6 Nivose an 14. Il laisse aux habitans leurs arsenaux, leurs armes, etc.

(16) Bataille d'Austerlitz, le 11 Frimaire an 14 (3 Novembre 1805).

(17) Paix de Presbourg.

(18) Campagnes de 1806 et 1807.

(19) Ce fut le 25 Septembre que l'Empereur quitta Paris : le 6 Octobre il était à Bamberg; le 13 eut lieu la bataille d'Jéna, le 8 Février 1807, celle d'Eylau, et le 29 Mai la capitulation de Dantzick.

(20) Entrevue sur le Niémen, de S. M l'Empereur des Français et de S. M. l'Empereur de Russie, le 25 Juin, à une heure après-midi. Ratification du Traité de paix, le 9 Juillet.

(21) Les rois de Naples, de Hollande, de Westphalie et d'Espagne.

(22(Napoléon, protecteur de la Confédération du Rhin.

www.ingramcontent.com/pod-product-compliance
Lightning Source LLC
Chambersburg PA
CBHW061535170626
46811CB00004B/1946